273个朋友

【法】吉普 ◎ 著 ／ 艾迪斯·香彭 ◎ 绘

梅思繁 ◎ 译

浙江人民美术出版社

译者前言
Preface / 梅思繁
成长的美丽与澎湃

这是一套向即将走入，或者已经走入青春岁月的年轻生命们，讲述关于成长中的万千情感，各种疑惑，生命和社会的难解命题的丰富小书。这同时也是一套所有的成年人也许都应该拿起来读一读的有趣作品。它会让已经远离青春岁月的成年人，重新记得这段人生中的特殊时光。它更会令成年人懂得青春期的复杂与不易，让他们更好地陪伴在孩子们的身边，度过这段既美好又时常充满动荡与变换的时期。

主人公索尼娅是个11岁多的女孩。她聪慧、敏感，喜欢新鲜事物，充满着生命力。父母的离异带给这个刚刚告别童年的女孩，对成人世界的各种不解，以及印在她心中的深深的伤痛与失落。家庭与父母给予她的在童年时的支撑与力量，随着父母的分离，瞬间消失了。她又恰恰在此时，走入了青春期——一个自我意识与身份在这一时期开始逐渐形成的，生命中尤为重要的阶段。

跟随着索尼娅的校园生活，我们会看到，索尼娅和她的同伴们作为当今法国乃至整个西方社会的青少年，他们看待世界与社会的眼光；他们对独立的自我身份与话语权的要求；他们在情感上的诉求；他们对大量传统观念和事物的反叛，以及对新生的电子与科技社会的追随和融入。

这套书的两位作者，用最贴近现实的图画和语言，刻画了法国青少年的生存状态与面目。在这种毫无掩饰的真实讲述里，有一些话题也许会让我们的中文读者（尤其是成年人）觉得不那么自在。比如故事里涉及的青春期的两性情感问题，比如这些孩子对电子游戏与其他电子产品的沉迷，比如他们对传统文学的陌生，对嘻哈音乐的狂热……

我非常理解，我们的成年读者在读到这样的情节时，刚开始的时候会产生一些不苟肯和淡淡的反对情绪。我作为一个在法国社会生活了十多年的成年人，我同样有着对于"索尼娅"们的态度和行为，有我的不认同和保留。但是当我仔细地观察一下我身边的"索尼娅"和"艾罗迪"，我不得不承认，两位作者在这套书里的刻画是无比真实与形象的。

我猜想，作者秉承这样坦诚的创作态度，是为了让青少年读者在这套书里找寻到他们对主人公的认同感。每一个青春期的孩子都会在这套丰富的作品里，读到自己的影子。这些主人公的快乐与烦恼，也是天下所有青春期的孩子们在经历着的丰富情感。作者的毫无隐藏，更是为了让所有的成年人，放下我们对青春期的各种偏见，用专注与理解的眼神去读懂青春期的孩子们的情感、诉求和对社会与成年人的期待。

索尼娅和她的同伴们，有着青春期群体的任性妄为、自以为是等缺点。但是他们同时拥有蓬勃的生命力、创造力，和勇于打破不公平的社会秩序，为那些少数以及弱小群体呐喊、争取权力的大胆和真诚。他们生在一个高科技和电子化的时代，自然而然地，对于传统社会的价值观念、生活方式甚至娱乐方式，他们都是不了解并有点嗤之以鼻的。但是一旦当他们读到雨果的诗歌，当他们亲身感受到田园生活的美好，他们有一颗比成年人柔软得多的心灵，会毫不犹豫地接受并且拥抱传统。

当我们读完索尼娅和她的同伴们的故事，我们会发现，这些看似离经叛道的年轻生命，其实与任何一个时代的青春期孩子都是一样的。他们以他们的方式，在寻找着属于自我的独立身份与人生轨迹。一切的反叛也好，惊世骇俗也好，绝不是他们的终极目的，而只是他们在面对成长中的巨大转型时的某种难言的不知所措。这些时常宣称自己已经非常独立的"索尼娅"们，在这个生命阶段，内心所寻求的恰恰是成年人与传统价值的智慧的理解与引领。

我相信，我们的青春期的少年们，在读完这套精彩出色的作品以后，会不由自主地偷笑起来。他们在这些故事里读到了他们的日常生活、内心隐秘、欢乐与悲伤，他们更会在这些故事里找到很多困扰他们已久的各种人生与社会问题的答案。

我也相信，我们的成年人们，在读完索尼娅和她同伴们的故事以后，会用一种全新的眼光来看待他们身边正在经历着青春期的孩子们。他们会智慧地站在孩子们的身边，让他们的成长之路走得更加美好、有力、蓬勃。

小蚊子

一岁半。一只出生地不详的白色老鼠。他非常聪明，对索尼娅的生活极其了解，并且懂得保密。他对于自己能出现在索尼娅的"脸书"上感到很自豪。

索尼娅

11岁半。才刚刚告别童年的她，因为头上总是戴着顶红帽子，看起来像一只甲壳虫。她天不怕地不怕，固执得很，脑袋里充满了各种奇怪的念头。她在"脸书"上并不觉得自在。她非常喜欢萨罗梅。

萨罗梅

12岁的他已经是个嘻哈乐高手。他的舞跳得棒极了，女孩们都为他疯狂。在他看似明星一般的外表下，隐藏着一颗敏感的心。

克洛伊

12岁。她虽然嘴巴有些毒，但其实非常友善。她认识各种各样的人，善于和各种人打交道，和萨罗梅在同一所学校上学。索尼娅因为这一点十分嫉妒她。

索尼娅才11岁。但是她时髦的穿着和大大的耳机让人一看就知道,这不是个还在玩洋娃娃的女孩了。现在让她感兴趣的事情是在电脑上下载音乐,在社交网络上聊天。

在她的资料信息里,她放了一张戴着红色帽子、抱着老鼠"小蚊子"的照片。她走在街上的时候,有种所有人都能认出她的感觉。

晚上放学后，索尼娅回到家，把自己关在房间里。她不让妈妈看她的电脑。

这是我的东西！！！

自从爸爸妈妈离婚后，她得一个人处理各种事情。273个朋友，这可真不错！

"脸书"上的朋友越多……

就能越快速地长大。

小蚊子玩着鼠标的时候，索尼娅正在和她的心上人聊天。

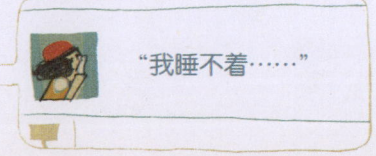

"我睡不着……"

萨罗梅是个非常棒的嘻哈舞者，女孩子们都为他疯狂。索尼娅第一次见到他的时候是在文化中心的表演现场，她到现在还记得清清楚楚的。

他是谁？

真帅！

是我们学校的一个家伙。

你在做梦吧？

索尼娅可不是个会轻言放弃的女孩,她每个星期六都到文化中心来学跳嘻哈舞……

有一天,萨罗梅注意到了这个戴着红色帽子的"小甲壳虫"。"甲壳虫"就这样走进了他的心里……

小姑娘,你好吗?

真可惜，萨罗梅和她不在同一所学校，索尼娅希望能多和他见面。幸好有互联网，他们可以直接聊天，互相传照片给对方……

萨罗梅马上要参加一个大规模的嘻哈舞比赛，他不知道自己能不能在比赛前达到最好的状态，索尼娅常常在晚上花好多时间为他鼓劲。

嘿，别担心，未来的明星！

这天早上，索尼娅戴上帽子，套上耳机。她觉得她今天有点弱弱的，神情恍惚。反正周围也没什么可看的，城市黯淡阴沉，人们一点意思都没有。

学校的栅栏前，她的朋友艾罗迪注意到了她疲劳的双眼。

你昨天晚上是不是都在电脑前度过了？

是啊。

上法语课的时候，索尼娅难以集中精神。她已经连着好几个晚上不停地在电脑前聊天了，而夏滋尔女士又最擅长讲那些无比复杂的内容……

> 荷马史诗是古希腊诗人荷马撰写的。

尤利西斯是个打败怪兽克罗索斯和巨人波里弗墨的英雄……索尼娅觉得眼皮越来越沉，做着梦睡着了。

等索尼娅醒过来的时候，既不在伊塔克岛上，也不在自己的床上，没有小蚊子在用胡子挠她痒痒……班级里一个人都没有了，除了夏滋尔女士正严厉地看着她。

怎么样，索尼娅？

睡得好吗？

嗯……

我刚才跟尤利西斯在一起。

那下次你可以把他请来教室……

从教室走出来的时候，索尼娅心想，六年级真是很难。新的老师、新的学科、做不完的作业……这么多的事情，留给那些小感情的空间太少……索尼娅想知道萨罗梅的房间是什么样子的，他的爸爸、妈妈又是什么样子的……

看来，这个"小甲壳虫"真的满脑袋都是浪漫的奇思怪想。

就连她的好朋友艾罗迪都跟不上她的思绪。

你确定这是个好主意？

我实在太想知道他住在哪里了！

转了一大圈之后，索尼娅终于找到了萨罗梅住的那栋房子。电梯坏了，得一层一层地爬上六楼。

索尼娅觉得心扑通扑通地直跳，她想象着她的小男朋友为她打开门……

然后她朝着他的脖子扑过去……

可是开门的是萨罗梅的妈妈,她穿着一身五颜六色的传统非洲长袍。她来自马里,说班巴拉语。

大房间里,萨罗梅正在用小勺子喂她的妹妹吃饭。

你好,萨罗梅,我来看你……

呃……

这太好了……

索尼娅舒服地坐在垫子上。她喝着萨罗梅妈妈给她的饮料,一种混合着酸奶和小米的饮品,太美味了!看起来家里的人越来越多,大家进进出出的。萨罗梅看起来有点尴尬……

妈妈,我可以出去吗?

哦!

你得照顾小妹妹!

嗒 嗒 嗒!

索尼娅学会了几个班巴拉语里简单的词汇。在萨罗梅反叛的神情下,其实隐藏着一个感情细腻的内心。

索尼娅拿出手机,偷偷拍了一张照片。

晚饭后，索尼娅跑到房间打开了电脑。多丰富的一天啊！她有种好像走入了另一个家庭的感觉。

萨罗梅和他小妹妹在一起的照片实在太棒了，她很想让她的273个朋友都看到。于是，她想都没想就把照片发到了"脸书"上，还加了一条评论。

J'aime · Commenter · Identifier

Sonia Koxinel — avec Sa Lomé
J'aime · Commenter · partager · il y a 10 minutes

Album : Téléchargements Mobile · 1/20
Ouvert à : Public

Vous aimez ça

Sonia Koxinel "我的宝贝和他的妹妹在一起，太帅了！"
il y a 10 minutes · J'aime

Identifier cette photo
Ajouter un lieu

14

索尼娅想到克劳黛特奶奶和她的相册。每次她去看奶奶的时候，她都会把相册拿出来。相册里面有一张索尼娅7岁时候的照片，套着救生圈在海滩上。索尼娅可不愿意今天人家看见她这样……想着想着她睡着了。

奶奶有点老古董，对新技术一窍不通，有点像夏滋尔女士。

"脸书"什么的，可不是给小女孩玩的……

几天后，萨罗梅和他小妹妹的照片在网上传了个遍。他的朋友们都笑得不行，还有人管他叫"保姆"。

萨罗梅生气得很，索尼娅没有通知他就直接跑到他家里来，拍了照片还随随便便放到网上去。他的朋友们都同意他的观点。

索尼娅一点也没觉得有什么不对劲。她在地铁口看了看手机，通常萨罗梅会发给她一颗粉红色跳动的心，或者一句温柔的话……不过，今天他的口气全然不同。

> 萨罗梅：
>
> 你放到"脸书"上的照片是什么？你疯了？！
>
> 17：15

索尼娅傻了……她问自己是不是做了件错事，可她的出发点是好的……

糟糕！！

她得跟朋友们聊聊。

正好这天晚上她要在艾罗迪家过夜,而嘴巴狠毒的克洛伊也被邀请了一起去。这下有好戏看了!

吃完了妈妈煮的晚餐,女孩们躲进房间。躺在被子下面,她们开始闲聊……

话说,那个"保姆"这几天怎么样?

这场谈话很快就变味了。索尼娅意识到，原来所有人都知道了！她放在网络上的萨罗梅的照片在他的朋友圈以及他朋友的朋友圈里传了个遍……也许很多她根本不认识的人也看过了那张照片。反正轮不到克洛伊来教训她！

这几天，索尼娅几乎没怎么开过电脑。

反正她就是用她的账号写些什么也没有人回答她，要不然就是很不客气地批评她。她觉得以前的信息看起来都不怎么样，她想把它们全都删除了。

不需要你们了！

现在，索尼娅花更多的时间安心做作业。想放松一下的时候，她就玩剪纸、贴纸或者画画。她甚至拿出了百乐宝桌游，她记得以前和爸爸一起玩这东西的场景。有一次，他们花了整整一下午的时间来搭一座城堡，爸爸甚至还专门跑出去买了一个公主……

我的公主跑哪里去了？

你的什么？

索尼娅没有了萨罗梅的消息,她的伙伴们也不搭理她了。

因为一个误会就失去了最喜欢的人,真是一件令人遗憾的事情。

索尼娅心想,她是不是应该从此以后再也不碰电脑和手机这些电子产品了。

她又重新开始在上课的时候写小纸片,跟小学的时候一样。

嘻嘻!

这样,她们又可以在下课的时候打架和互相拉扯头发了……

克洛伊的胸部好大!

第二天，家里只有索尼娅和妈妈。自从爸爸离开了以后，她们之间就很少讲话了，虽然她们能谈的有很多……

嗯……

我有一个"脸书"的账号……

我知道，妈妈……

可你还没到13岁呢！

母女之间很久没有这样说心里话了，能面对面地交谈、流眼泪、欢笑，这感觉真好。

这一天，大家都敞开了心扉。原来妈妈也有一个"脸书"的账号！不过她不知道该怎么用，然后胡乱地接受了所有的邀请。

我也要跟你说一件事情……

说吧！

两人哈哈大笑起来。这是一个非常愉快的夜晚,索尼娅教妈妈各种关于青春期的语言。

萨罗梅都不敢出门了,他生怕人家议论他。马上就到比赛的日子了,他在房间里对着他的小妹妹练习。小妹妹也想像他一样成功地做出各种动作。

耶!

萨罗梅为自己和索尼娅闹僵了感到很后悔。晚上睡觉的时候，他戴着耳机，睁着眼睛。他想起了他的"小甲壳虫"……她懂得如何鼓励他，安慰他。

现在，他几乎肯定自己会在比赛中失败，况且根本就没有其他人支持他……

索尼娅在学校里处于一个很尴尬的境地。她想到一个能弥补自己所犯错误的主意，不过这事她一个人干不了。"脸书"是不错的选择，但是要懂得如何巧妙地使用它。

目前，最好的方法是先和女朋友们和好。

在资料信息中心，夏滋尔女士坐在电脑前。索尼娅和艾罗迪很想把她的位子抢过来。夏滋尔女士居然对着电脑屏幕，这可不是一件常见的事情！

我们可以用电脑吗？

你是要邀请尤利西斯？

正是！

好，我们一起来操作……

索尼娅把发生的一切都告诉了她的法语老师：萨罗梅、照片、他的小妹妹、网络……事实上，尤利西斯和萨罗梅都是英雄……夏滋尔女士对这一点非常赞同。可不要以为夏滋尔女士快要退休了，她就不会制造网络热点了。索尼娅和艾罗迪对她们的这位"新朋友"实在非常吃惊。

她们三个人要做出一件大事情来！

这是个大日子。在去往文化中心的路上,萨罗梅有点担心。不过他的朋友们安慰着他。

兄弟,没问题的……

索尼娅为你发了个好大的广告!!

你是今天的明星!!

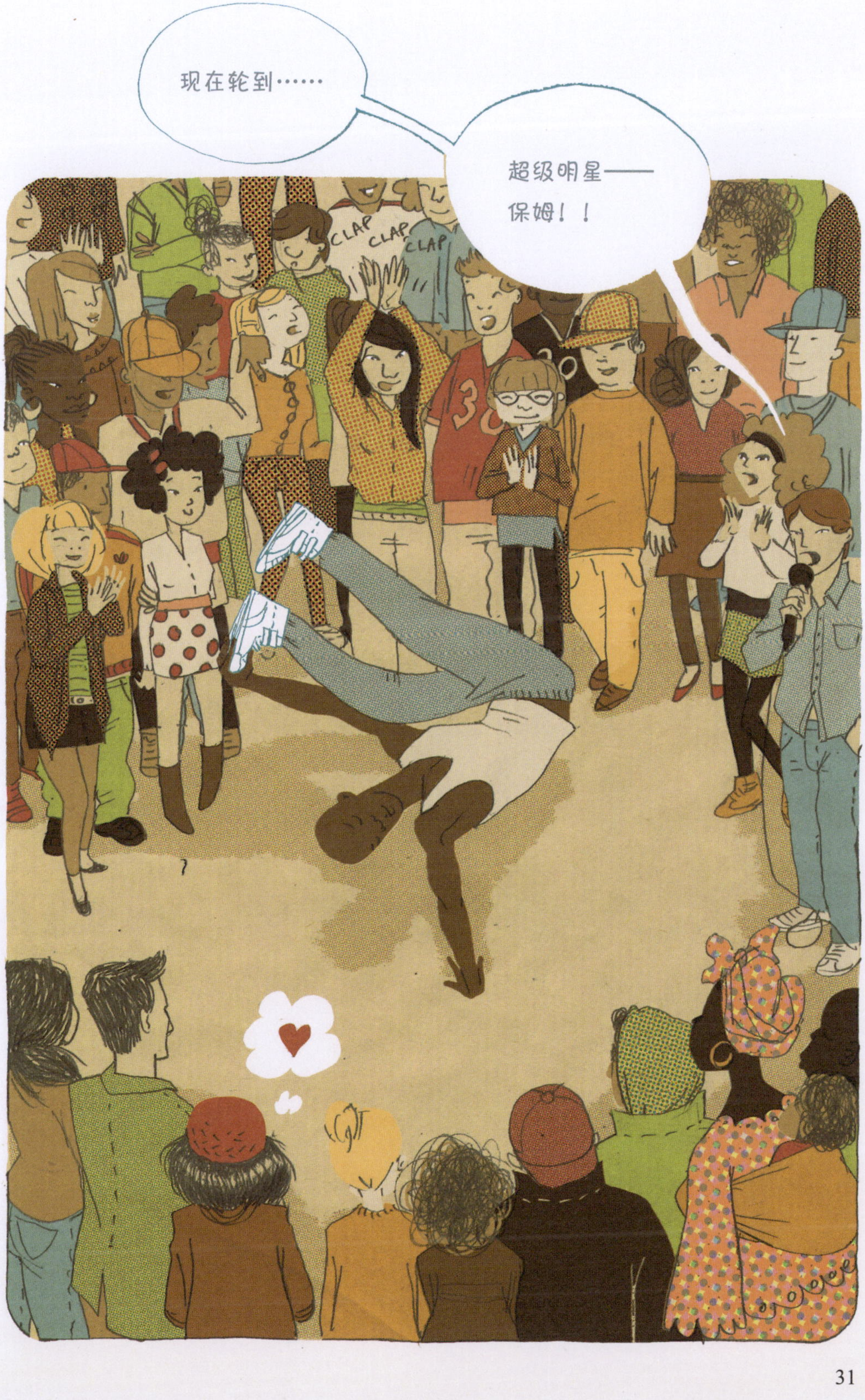
现在轮到……
CLAP CLAP CLAP
超级明星——
保姆！！

话说，

"我粉你"是什么意思？

艾罗迪

　　11岁半，最棒的朋友。她不招摇，从来不记仇，等待着有一天自己也能变成大家聚焦的中心。

爸爸

　　自从爸爸妈妈分开后，索尼娅就不经常与爸爸见面了，最多也就是两周一次。他如果不太笨的话，也许有一天会回家来。他不知道"我粉你"是什么意思。

妈妈

　　独自一人照顾索尼娅。"脸书"上什么人发来的邀请她都接受。尽管有的时候她们会拌嘴，但是母女最终还是会和好如初。

夏滋尔女士

　　快要退休的法语老师。虽然严厉，但总是很公平。她虽然看起来像一只老猫头鹰，其实很时髦，是任何有需要的时候都会出现的朋友。

献给所有

即将进入青春期的孩子们

©2011/12/13/14/15/16/17/18.Editions Mouck
All rights reserved
The simplified Chinese translation rights arranged through Rightol Media（本书中文简体版权经由锐拓传媒取得Email:copyright@rightol.com）

合同登记号：
图字：11-2018-14号

图书在版编目（CIP）数据

273个朋友 /(法)吉普著 ;(法)艾迪斯·香彭绘 ;梅思繁译. -- 杭州 : 浙江人民美术出版社, 2019.1
（成长的烦恼）
ISBN 978-7-5340-7278-9

Ⅰ.①2… Ⅱ.①吉… ②艾… ③梅… Ⅲ.①儿童故事—法国—现代 Ⅳ.①I565.85

中国版本图书馆CIP数据核字(2019)第013340号

责任编辑：张嘉杭
责任校对：黄　静
责任印制：陈柏荣

273个朋友

[法]吉普　著 / 艾迪斯·香彭　绘
梅思繁　译

出版发行　浙江人民美术出版社
　　　　　（杭州市体育场路347号）
网　　址　http://mss.zjcb.com
经　　销　全国各地新华书店
制　　版　杭州真凯文化艺术有限公司
印　　刷　浙江新华数码印务有限公司
版　　次　2019年1月第1版·第1次印刷
开　　本　710mm×1000mm　1/16
印　　张　2.5
字　　数　10千字
书　　号　ISBN 978-7-5340-7278-9
定　　价　20.00元

■关于次品（如乱页、漏页）等问题请与承印厂联系调换。严禁未经允许转载、复写复制（复印）。